Frédéric Dorne

ESCAPE BOX

ZOMBIE

LIVRET DE RÈGLES

404 EDITIONS

EDITIONS

www.404-editions.fr
Un département d'Édi8
12 avenue d'Italie, 75013 Paris

Maquette : Axel Mahé
Crédit photo couverture : ©Istockphoto.com/ijeab
Illustrations : Mathieu Coudray
Musique : Création originale de Gilles Lombard
Bruitages :@PondE : /StormwaveAudio ; /cutestockfootage ; /orangefreesounds ; /agcnf_media

ISBN : 979-1-0324-0147-7
Dépôt légal : octobre 2017.

Imprimé en Chine, par Holinail.

Livret de règles

L'Escape Box zombie propose de recréer l'ambiance d'une escape room chez vous, en famille ou entre amis. En fouillant les lieux, les joueurs, qui incarnent des sauveteurs, vont devoir trouver les indices qui leur permettront de résoudre des énigmes en un temps limité. Le jeu est géré par un Maître du jeu (MJ) qui s'occupe de dissimuler les indices et de valider les réponses. Si les joueurs parviennent à résoudre toutes les énigmes avant la fin du temps imparti, c'est-à-dire **60 minutes**, ils réussissent le scénario et sortent sains et saufs ! Le jeu propose trois scénarios tous différents pour tester les nerfs les plus solides.

Pour vous mettre dans l'ambiance, voici le début de l'histoire :

L'apocalypse zombie a eu lieu et tous les laboratoires se sont lancés dans la lutte contre le virus Z. Le plus prometteur des vaccins est venu du laboratoire APTICOS, mais le contact avec les chercheurs a été perdu avant qu'ils ne puissent donner tous les détails de leur réussite. Le dernier message parlait de zombies libérés et d'un Dément, un chercheur devenu fou qui piégeait les locaux.

Vous faites partie d'une des équipes de sauveteurs envoyés sur place afin de comprendre ce qui s'est passé et surtout de retrouver le vaccin.

Après quelques minutes d'exploration dans les locaux, vous êtes poursuivis par des hordes de chercheurs morts-vivants. Vous avez pu vous réfugier *in extremis* dans un laboratoire et claquer la porte à temps au nez et à la barbe des zombies. Mais êtes-vous réellement à l'abri ?

Le Dément a réussi à vous amener là où il le souhaitait et vous voilà enfermés dans une pièce truffée d'énigmes et de pièges, où la seule autre porte est commandée de l'extérieur.

Le Dément est joueur, son but n'est pas de tuer les sauveteurs tout de suite, mais de les intégrer à ses machinations délirantes. Au bout d'une heure, il lâchera ses zombies dans la pièce, sauf si les joueurs trouvent le moyen de sortir de là à temps !

Le Dément a prévu plusieurs salles pour torturer les méninges des sauveteurs, chaque scénario les rapprochera un peu plus du vaccin, mais les énigmes et les pièges seront de plus en plus nombreux et complexes !

Description du matériel :

131 cartes

1 poster

1 livret de règles

1 livret de scénarios

1 Journal de bord

6 badges

1 fichier sonore à télécharger sur q-r.to/bal7D5

Temps de jeu :

Une partie de jeu dure **60 minutes**, plus le temps de mise en place des indices (quelques minutes seulement). Le temps de jeu est mesuré par la lecture du fichier sonore à télécharger, par un simple chronomètre ou bien encore en consultant une horloge.

Nombre de joueurs :

Le jeu est prévu pour 3 à 6 personnes : un Maître du jeu et jusqu'à 6 sauveteurs. Si les sauveteurs sont seulement au nombre de 2 ou 3, il est conseillé de retirer 3 énigmes du scénario (le MJ choisira celles à supprimer, à l'exception de la dernière). Il ôtera les cartes de chacune de ces énigmes et leurs indices du paquet avant de commencer la mise en place.

Déroulement d'une partie :

1. Un Maître du jeu (MJ) est désigné, il propose un scénario et en prend connaissance.
2. Les cartes des rôles sont choisies ou distribuées au hasard.
3. Les sauveteurs quittent la zone de jeu.
4. Le MJ rassemble les éléments nécessaires au scénario choisi.
5. Le MJ place les éléments visibles, comme le scénario le précise.
6. Le MJ dissimule les autres cartes.
7. Le MJ laisse à disposition de quoi écrire. Les sauveteurs reviennent dans la zone de jeu.
8. Le MJ lit le texte d'introduction du livret de scénarios.
9. Le MJ lance le décompte d'une heure, la partie commence !
10. Les sauveteurs fouillent les lieux.
11. Les sauveteurs tentent de résoudre les énigmes.
12. Les sauveteurs gagnent s'ils résolvent toutes les énigmes en moins de 60 minutes.

Avant de commencer la partie :

Il existe deux catégories de joueurs : les sauveteurs et le Maître du jeu.

Avant de commencer la partie, il est nécessaire de définir qui sera le Maître du jeu et qui sera sauveteur. Les sauveteurs n'ont pas accès au livret de règles ni au livret de scénarios mais peuvent consulter le Journal de bord du laboratoire. Le Maître du jeu, lui, peut lire les règles et le scénario à jouer. Il met en place le jeu, fait appliquer les règles, remet une nouvelle carte aux joueurs quand la bonne réponse à une énigme a été donnée et peut aider les sauveteurs s'ils sont bloqués.

Le Maître du jeu ne pourra pas jouer un scénario qu'il a déjà animé, car il connaît les réponses aux énigmes.

Par contre, il est tout à fait possible que le Maître du jeu prenne le rôle de sauveteur lors d'un autre scénario.

Le jeu comprend 3 scénarios, chacun proposant des énigmes différentes. Les scénarios peuvent être joués dans n'importe quel ordre, toutefois, ils sont de difficulté croissante, il est donc conseillé de les jouer dans l'ordre. Le MJ détermine le scénario qui sera joué et le lit.

Rôles des sauveteurs :

Les sauveteurs doivent sortir de la pièce à temps. Pour cela, ils fouillent les lieux et résolvent des énigmes grâce aux indices récoltés. La résolution de la dernière énigme leur permet de déverrouiller la porte de sortie.

Les sauveteurs sont tous différents et chaque carte rôle apporte un pouvoir qui peut s'avérer utile à un moment ou à un autre du jeu. Les rôles prennent la forme de cartes indiquant chaque pouvoir. Six badges permettent de rappeler les rôles incarnés par chaque joueur. Les rôles sont choisis ou distribués au hasard, les sauveteurs conservent leur rôle pendant toute la partie mais pourront en changer pour une autre session. Chaque joueur prend connaissance du pouvoir de son personnage avant la phase de mise en place et le MJ répond aux éventuelles questions. Si un sauveteur choisit le rôle du Correspondant, le MJ lui remet le Journal de bord du laboratoire.

Voici les rôles et leur pouvoir :

- **Médecin :** *Immunisé contre le virus Z, il ne souffre pas des effets s'il tombe sur un piège inoculant le virus, il peut également guérir un sauveteur infecté.*
- **Chercheur :** *Obtient un indice supplémentaire pendant la partie, il peut le demander à n'importe quel moment du jeu sauf pour la résolution de la dernière énigme.*
- **Ingénieur :** *Peut poser une question directe au MJ, à laquelle celui-ci répondra par oui ou par non. Cette question ne doit pas être une proposition de réponse.*
- **Correspondant :** *Peut consulter le Journal de bord du laboratoire pendant la préparation du jeu.*
- **Chef d'équipe :** *Peut donner immédiatement une nouvelle réponse si la réponse qui vient d'être donnée déclenche un piège.*
- **Secouriste :** *Pas d'effet s'il tombe sur un piège.*

RÈGLES DU JEU

Avec l'accord des propriétaires des lieux, le MJ définit la zone de jeu, c'est-à-dire les limites de la pièce où va se dérouler le jeu, afin que cela soit clair pour tous. Les objets hors-jeu ou endroits hors limites sont précisés également. Ni le MJ ni les sauveteurs n'auront à fouiller en dehors du lieu défini, ni à toucher aux objets hors-jeu (le MJ n'y aura bien sûr caché aucune carte).

Note : *Du fait du stress engendré par le temps limité d'une partie, les sauveteurs peuvent parfois maltraiter le mobilier pendant leurs recherches. Il est important de prévenir tout accident qui pourrait survenir lors d'une fouille intensive : si un meuble risque de basculer, aucun indice ne sera placé à son sommet et les sauveteurs devront savoir dès le début de la partie qu'il n'y a rien à chercher à cet endroit et que le meuble est potentiellement dangereux. De même, si des objets fragiles sont présents, il est conseillé de les enlever de la pièce (idéalement) ou de prévenir les sauveteurs dès le début de la partie qu'il n'y a rien à trouver près de ces objets car ils sont fragiles. D'une manière générale, tous les objets, plantes ou meubles fragiles ou risquant de blesser les joueurs sont à déclarer hors-jeu. De même, il ne sera pas nécessaire d'ouvrir les housses des coussins pour les fouiller. Le MJ se mettra d'accord au préalable avec les propriétaires pour définir ces limites. Ces objets et zones hors-jeu seront précisés par le MJ avant que les joueurs ne quittent la pièce, en présence de tous, et ces limites seront répétées juste avant le lancement du décompte.*

Exemple : seront hors-jeu le sommet d'un meuble où se trouvent des objets fragiles, la proximité d'un cactus aux épines douloureuses, ou une armoire bancale.

La zone de jeu devra être une pièce suffisamment grande pour contenir tous les joueurs et suffisamment meublée pour pouvoir y dissimuler efficacement toutes les cartes. Dans la plupart des cas, il s'agira du séjour de l'habitation. Si la pièce est trop petite ou trop peu meublée, le MJ peut proposer d'intégrer une seconde pièce à la zone de jeu. Les sauveteurs pourront aller et venir comme bon leur semble entre les deux pièces comme s'il s'agissait d'une unique salle. Il est conseillé d'éviter de choisir les cuisines et salles d'eau, où l'humidité pourrait abîmer le matériel du jeu.

Puis, une fois les délimitations spatiales définies, les sauveteurs quittent la (ou les pièces) où le MJ va dissimuler les cartes. Si un sauveteur tient le rôle du Correspondant, il emporte avec lui le Journal de bord du laboratoire, qu'il peut consulter pendant toute la mise en place.

Enfin, avant de commencer, sachez qu'il existe plusieurs sortes de cartes :

- Les **indices** sont des informations plus ou moins explicites, comme des codes, des phrases, des morceaux de mécanisme).
- Les **énigmes** sont des phrases, des dessins ou autre.
- Les **pièges** sont des textes explicites indiquant les effets à appliquer immédiatement.

***

Il est déconseillé aux joueurs de lire au-delà de ce point.

***

1. Mise en place – première étape.

Le MJ doit s'assurer qu'aucun sauveteur ne puisse surveiller ses allées et venues pendant la mise en place. Il rassemble tous les éléments nécessaires au scénario qui sera joué tel que précisé dans le livret de scénarios.

Le dernier scénario intègre une pièce supplémentaire secrète qui devient tout à coup accessible aux sauveteurs. Afin de conserver la surprise, le MJ ne la mentionnera pas comme faisant partie de la zone de jeu. Lors de la résolution de l'énigme, il expliquera que cette nouvelle pièce est à présent totalement accessible. Il précisera alors si nécessaire les zones et objets considérés hors-jeu dans cette nouvelle pièce.

Les numéros des cartes concernées sont spécifiés dans chaque description de scénario. Le MJ trie les cartes en quatre paquets, comme indiqué dans chaque scénario : les cartes à garder en main, les cartes à laisser en évidence, les cartes à cacher et les cartes à cacher avec soin.

2. Mise en place – deuxième étape.

Le MJ place en évidence (sur une table par exemple) les cartes qui doivent rester visibles. Si les sauveteurs sont d'un bon niveau, ces cartes peuvent être cachées également pour augmenter la difficulté du jeu.

Même s'ils ne sont pas stipulés dans la liste du matériel du scénario, le Journal de bord et le poster sont toujours utilisés. Le Journal de bord du laboratoire est posé en évidence à côté des cartes visibles s'il n'a pas été remis au Correspondant, tandis que le poster est affiché (sur une porte idéalement), afin de donner l'illusion de la menace des zombies et que le regard du dément scrute les sauveteurs.

3. Mise en place – troisième étape.

Le MJ dissimule les cartes dans la zone de jeu. Il est conseillé de commencer par les cartes à cacher avec soin, puis de terminer par les autres.

Voir les conseils sur la manière de cacher des cartes plus loin dans ce livret.

4. Mise en place – quatrième étape.

Enfin, le MJ laisse à disposition de quoi écrire : feuilles et crayons. Les sauveteurs pourraient avoir besoin de noter des codes, des tentatives, etc. Une fois tous les éléments en place, le MJ invite les sauveteurs à revenir dans la pièce et leur rappelle les limites de la zone de jeu.

5. Mise en situation.

Le MJ lit à haute voix le texte d'introduction du livret de scénarios, ce qui permet de rappeler les règles du jeu. Si nécessaire, le MJ montre une des cartes d'un autre scénario afin que chaque sauveteur sache quoi chercher.

6. Lancement de la partie.

Le MJ lance le décompte d'une heure, soit en diffusant la piste d'ambiance sonore, soit à l'aide d'une simple montre ou d'une horloge. Dans le cas de la piste audio d'ambiance, le volume doit être suffisant pour que tous puissent entendre clairement le temps annoncé, sans couvrir les paroles des joueurs. Si le MJ utilise plutôt une horloge, il annoncera l'heure à laquelle le jeu prendra fin, puis donnera à voix haute le temps restant toutes les 10mn, puis toutes les minutes durant les 5 dernières. Enfin, il décomptera les 30 dernières secondes.

7. Fouille et indices.

Les sauveteurs fouillent les lieux. Il est conseillé de consacrer une dizaine de minutes au minimum à cette étape. Si besoin, le MJ rappellera les limites de la zone de jeu et les objets à ne pas manipuler. Il est conseillé aux sauveteurs d'anncncer leurs trouvailles à voix haute et de poser les cartes en évidence sur une table ou autre meuble afin que chacun puisse y accéder.

8. Résolution.

Les sauveteurs peuvent essayer de résoudre les énigmes à n'importe quel moment du jeu. Ils vont probablement trouver des indices sans pour autant posséder la carte de l'énigme qui y est liée, mais ils peuvent tout à fait proposer une réponse tout de même. Les sauveteurs doivent donner une réponse en montrant la carte énigme ou les cartes indices au MJ et en énonçant la réponse à haute voix ou en la dessinant/suivant du doigt si nécessaire. Il est interdit de donner deux réponses d'affilée pour la même énigme, afin d'éviter les énumérations sans fin de toutes les réponses possibles. Si la proposition est la bonne, le MJ confirme alors la réponse et pose sur la table, visible de tous, une des cartes qu'il gardait en réserve. Le livret de scénarios précise quelle carte est débloquée à chaque énigme résolue, mais le MJ est libre d'en choisir une autre, parce que l'énigme concernée par la nouvelle carte a déjà été trouvée ou que le MJ trouve opportun d'en choisir une autre. Afin de lier les énigmes, le MJ annoncera que la nouvelle carte donnée a été retrouvée grâce à la résolution de l'énigme. Ainsi, si les sauveteurs viennent de résoudre l'énigme qui leur permet d'ouvrir un coffre ou une centrifugeuse, le MJ annoncera qu'à l'intérieur de cet objet se trouvait la nouvelle carte.

9. Fin du jeu.

La partie se termine quand les sauveteurs ont résolu toutes les énigmes, ou que le temps vient à manquer. Les énigmes peuvent être résolues dans n'importe quel ordre mais doivent toutes être élucidées. Ainsi, dans le premier scénario, si les sauveteurs donnent la bonne réponse à l'énigme N°8 (normalement la dernière de la partie) mais qu'il leur reste encore la N°4 à résoudre, la partie n'est pas terminée et le chronomètre continue de tourner.

Si les sauveteurs résolvent toutes les énigmes à temps, ils déverrouillent la porte de sortie.

Sinon, le Dément lâche ses zombies sur les sauveteurs et ils ne seront jamais revus. Ce sera une nouvelle équipe qui prendra la relève à la prochaine partie. Le Dément aura naturellement pris soin de cacher les indices à d'autres endroits pour les accueillir comme il se doit !

Les sauveteurs peuvent retenter le même scénario jusqu'à le réussir, mais il n'est pas impératif de terminer un scénario pour passer au prochain.

Les pièges :

Les cartes « **pièges** » ressemblent à des indices ou énigmes mais contiennent un texte décrivant le piège. La carte commence par : PIÈGE !

Le sauveteur qui trouve cette carte doit en prendre connaissance sans la lire à voix haute immédiatement, à l'abri du regard des autres et en applique les effets. Il existe deux sortes de pièges :

Infection Z

Ce piège infecte exclusivement le sauveteur qui trouve la carte. Sauf s'il est immunisé ou guéri, le joueur ne pourra plus aider à la résolution des énigmes : il va continuer à chercher des indices jusqu'à la fin de la partie en conservant en main la carte qui l'a infecté. Le personnage se transformera en zombie non agressif et le sauveteur devra jouer le jeu : ne plus parler, gémir, traîner des pieds, avancer les bras tendus devant lui, gêner les autres sauveteurs, mais jamais les attaquer ou les toucher. La carte n'est plus contagieuse après avoir été découverte. Dès que les autres joueurs auront compris ce qui est arrivé, et si le rôle du Médecin a été choisi, ils pourront soigner le malade simplement en lui enlevant la carte des mains. Le traitement prend un peu de temps à agir et le sauveteur infecté continuera à errer jusqu'à la prochaine annonce de temps.

Exemple : Julie a ramassé la carte « Infection Z » alors qu'il restait 57 minutes de jeu. Très vite, le médecin l'a soignée en lui prenant la carte des mains. Elle redeviendra normale à la prochaine annonce de temps, c'est-à-dire à 50 minutes restantes. Entre le moment où elle a été soignée et l'annonce, Julie jouera le zombie en errant dans la pièce, sans pouvoir aider les autres sur les énigmes, mais en pouvant trouver de nouvelles cartes tout de même.

Gaz innervant

Ce piège concerne tous les sauveteurs. Le sauveteur qui découvre la carte suit les instructions et donne les consignes à voix haute. Un gaz puissant pénètre subitement dans la pièce, tous les sauveteurs doivent trouver de quoi se couvrir le nez et la bouche dans les cinq secondes pour éviter de le respirer. Le MJ décompte les secondes à voix haute. Si un ou plusieurs sauveteurs n'ont pas pu se couvrir le nez et la bouche d'un vêtement ou tissu à la fin du décompte, ces personnages perdent connaissance jusqu'à la prochaine annonce de temps. En cas de doute, c'est le MJ qui aura le dernier mot sur les sauveteurs affectés par le gaz. Le gaz se dissipe ensuite immédiatement et les sauveteurs peuvent reprendre le jeu normalement.

ASTUCES, AIDE ET CONSEILS :

Conseils pour dissimuler les cartes.

De manière générale, les cartes doivent être accessibles sans que les joueurs aient besoin de faire d'efforts importants : évitez de faire déplacer un poids élevé (soulever un objet de quelques kilos est autorisé, avoir à bouger un meuble lourd ou une télévision ne l'est pas) ou d'atteindre une cachette en hauteur (les joueurs doivent pouvoir toucher les cartes sans avoir à grimper sur un escabeau ou une chaise).

De même, les cartes ne doivent pas être introuvables, il est donc interdit de les glisser dans les livres, dans les boîtiers de CD, DVD, Blu-ray. Les glisser au milieu d'une pile de documents (dans un tiroir à papier par exemple) est également interdit.

Il est conseillé d'éviter de cacher plusieurs cartes au même endroit, ce qui simplifierait la tâche des sauveteurs.

S'il est possible de cacher une carte sous un meuble, il doit être possible d'attraper un petit bout de la carte pour pouvoir la faire glisser vers soi. Il est obligatoire de laisser dépasser suffisamment la carte pour que les sauveteurs puissent l'attraper et que le meuble ne pèse pas sur la carte. Si les sauveteurs ne parviennent pas à la récupérer eux-mêmes après l'avoir localisée, ce sera alors au MJ de l'atteindre et de la leur donner.

Il est déconseillé de placer des cartes dans les housses de coussins, de peur que les joueurs les démontent tous et passent ensuite au canapé, aux peluches, etc. Un joueur en panique est un joueur prêt à tout, vous ne voulez pas que votre appartement se transforme en champ de ruines !

Il est tout à fait possible d'amener de nouveaux objets dans la pièce pour augmenter le nombre de cachettes, avec l'accord des propriétaires des lieux. De nouveaux objets de décoration, boîtes, livres, chaises, coussins, etc. permettront de cacher bien plus de cartes. Mais il faut souligner que, si les joueurs connaissent déjà la pièce où le jeu va se dérouler, ou surtout s'ils l'ont vue avant la mise en place du jeu, ces nouveaux objets seront les premiers fouillés.

Les meilleures cachettes.

- Le sommet des meubles hauts est une bonne cachette pour peu que le sommet du meuble soit à portée de main. Les cartes n'auront pas à dépasser ou être visibles si les sauveteurs peuvent les toucher de la main.
- Le dessous des tiroirs est rarement inspecté : en ouvrant légèrement le tiroir, il est possible de passer la main dessous et de déposer une carte qui résistera aux fouilles. L'intérieur des tiroirs peut aussi s'avérer une bonne cachette si l'on pose la carte sur sa tranche et contre la paroi l'intérieure du tiroir.
- Réussir à faire tenir une carte derrière un tableau ou un poster est difficile mais cela en fait une excellente cachette. La meilleure technique consiste à la coincer entre le cadre et le mur, le poids du cadre devrait alors la maintenir en position.
- L'arrière des radiateurs permet de cacher efficacement une carte. Toutefois, si le chauffage est en fonction, mieux vaut éviter de cacher une carte à cet endroit : elle risque de souffrir de la chaleur et les joueurs de se brûler en fouillant.
- Certaines tables possèdent un système d'extension qui offre des supports sous le plateau pour y cacher des cartes.
- Dans une bibliothèque, glisser une carte sous plusieurs livres ou boîtiers, vers le fond du meuble, permet de la rendre particulièrement discrète au premier coup d'œil.
- Sous un meuble, la carte devient très dure à trouver si la partie visible se trouve dans l'ombre ou à l'arrière (il reste impératif de pouvoir passer la main pour l'attraper).

Autres idées de cachettes.

Dans les tiroirs, sous les pots de fleurs, dans les plantes (il faudra veiller à ne pas abîmer la plante en cachant la carte, ni à laisser la carte souffrir de l'humidité), sous les coussins des chaises, entre les coussins du canapé, dans une rainure de la table ou sous la nappe, sous les objets visibles, sous les objets dans les placards, entre les appareils audio-vidéo, entre les boîtiers de CD, DVD, Blu-ray, sous le téléphone, derrière un écran de PC, sur un rebord de fenêtre (plus efficace s'il fait nuit ou que les rideaux sont tirés), dans les poches des vêtements qui ne sont pas portés.

Chaque intérieur offrant de nouvelles cachettes, afin de varier les expériences, il peut être intéressant de jouer chacun des scénarios dans un lieu différent.

Les aides.

Il est probable que les sauveteurs peinent sur certaines énigmes, mélangent des indices qui concernent des énigmes différentes, ou soient totalement perdus. Le rôle du MJ est aussi de maintenir un certain plaisir dans la partie en débloquant la situation.

Si le MJ remarque que les sauveteurs sont coincés et que l'intensité du jeu retombe, ou si les joueurs le lui demandent, il peut donner un indice complémentaire au sujet d'une énigme découverte. À un rythme normal, les sauveteurs devraient avoir résolu la moitié des énigmes au bout de 30 minutes de jeu. Si ce n'est pas le cas, le MJ est invité à les aider.

L'une des aides possibles est d'indiquer où pourrait se trouver une carte qui n'a pas encore été découverte. Une autre aide consiste à indiquer si certaines cartes **« indices »** rassemblées ont bien toutes un rapport avec l'énigme.

Le Journal de bord du laboratoire rassemble des indices pour toutes les énigmes de tous les scénarios. Un sauveteur perspicace pourra facilement y discerner des indications supplémentaires pour résoudre les énigmes. Si les sauveteurs ne parvenaient pas à les localiser, ces indices supplémentaires sont rappelés, énigme par énigme, dans le livret de scénarios. Le MJ pourra y piocher des indices à donner aux sauveteurs.

Références extérieures.

Les joueurs seront peut-être tentés de consulter leur téléphone, un ordinateur ou les livres à portée de main, afin de trouver une information ou une référence et c'est tout à fait autorisé !

Et si ?

Que faire si un joueur trouve la réponse par hasard, ou sans argumenter ? Bénéficier d'un coup de chance ou connaître par avance la réponse à une énigme n'est pas à sanctionner. À moins que le MJ ait envie d'être cruel ou tortionnaire, il peut tout à fait considérer que l'énigme est résolue et donnera la carte en récompense.

ESCAPE BOX

ZOMBIE

LIVRE DES SCÉNARIOS

404 ÉDITIONS

SCÉNARIO 1 :
LE LABORATOIRE D'ONCOLOGIE.

Difficulté 1.

Les rôles : Le Médecin n'est pas utilisé dans ce scénario.

Ce scénario utilise les cartes N° 1 à 36.

N° des cartes pouvant être laissées visibles : 4, 9, 29, 34.

N° des cartes à conserver en main : 6, 11, 17, 19, 23, 26, 31.

N° des cartes à cacher avec soin : 3, 14, 18, 25, 36.

N° des autres cartes à cacher : 1, 2, 4, 5, 7, 8, 9, 10, 12, 13, 15, 16, 20, 21, 22, 24, 27, 28, 29, 30, 32, 33, 34, 35.

Nombre total de cartes cachées : 29.

• Première énigme :

Un labyrinthe en 5 parties + 1 carte de disposition. **Cartes n° : 1, 2, 3, 4, 5, 36.**

Les cartes doivent être placées dans le bon ordre pour résoudre le labyrinthe, l'ordre est 1-4-2-5-3. Le joueur qui souhaite résoudre l'énigme doit donc trouver toutes les cartes et les mettre dans le bon ordre, puis, devant le MJ, à l'aide d'un stylo ou de son doigt, il doit refaire le chemin à parcourir pour sortir.

Le Maître du jeu lui remettra alors la **carte n° 6** ou une des autres cartes qu'il a en main, en récompense.

Indices :

- Le labyrinthe est en 5 parties.
- L'ordre des cartes est important

• Deuxième énigme :

Une association de 5 mots inscrits sur des papiers tachés de sang :
Article – Arrêt – Croque – Rat – Vaches. **Cartes n° : 6, 7, 8, 9, 10**

La bonne réponse est le mot en commun à chaque mot et qui fait référence à une expression : **MORT.** (Être à l'article de la mort – un arrêt de mort – un croque-mort – de la mort-aux-rats – mort aux vaches.)

Si la bonne réponse est donnée, le MJ remettra aux joueurs la **carte n° 11** ou une des autres cartes qu'il a en main, en récompense.

Indices :

- La réponse est un seul mot, lié à tous les autres.
- Pensez aux expressions.

• Troisième énigme :

Un coffre à code qui affiche 14251. **Cartes n° : 11, 12, 13, 14, 15, 16.**

Le coffre ne s'ouvre que si on ajoute 1 à chaque chiffre, afin d'obtenir 25362. Plusieurs codes erronés sont dissimulés parmi les cartes, seul l'indice « Ajoutez 1 » est à suivre. Si la bonne réponse est donnée, le MJ remettra aux joueurs la **carte n° 19** ou une des autres cartes qu'il a en main, en récompense.

Indices :

- Il y a un espace entre chaque chiffre.
- Appliquez littéralement le conseil.

• Quatrième énigme :

Une charade à résoudre. **Cartes n° : 19, 20, 21, 22.**

Mon premier est un animal.
Mon deuxième est un animal.
Mon troisième est un animal.
Mon quatrième est un animal.
Mon tout est un animal.
Qui suis-je ?

La bonne réponse est **le serpent python** (cerf-paon-pie-thon). Seulement 3 cartes (cerf-paon-thon) sont cachées, les joueurs doivent déduire l'animal manquant.

Si la bonne réponse est donnée, le MJ remettra aux joueurs la **carte n° 23** ou une des autres cartes qu'il a en main, en récompense.

Indices :

- Les animaux sont tous différents.
- Pensez en association de sons.
- Il manque la pie.

• Cinquième énigme :

Un jeu de calcul. **Cartes n° : 23, 24, 25.**

Deux cartes comportent des tableaux remplis de nombres. Une autre carte renomme chaque case par une lettre et propose une formule mathématique à calculer. Le carré dont la première case contient le chiffre 1 est le carré n° 1. La formule demande de calculer : « G1+B2-C1+D2*D1 = ? » et donc de relever alternativement dans les deux carrés les valeurs des nombres situés dans des cases désignées par des lettres. Une fois identifiés les carrés 1 et 2, il faut calculer pour obtenir le bon résultat.

La bonne réponse est **33 (2+11-4+3x8 = 33)**. Si la bonne réponse est donnée, le MJ remettra aux joueurs la **carte n°26** ou une des autres cartes qu'il a en main, en récompense.

Indices :

Puisqu'il ne s'agit que de trouver toutes les cartes, l'indice prend la forme d'un conseil :

- Vous n'avez pas tout trouvé, fouillez encore.

• Sixième énigme :

Une association de 5 mots inscrits sur des notes autocollantes :
Appeler – Langue – Fouetter – Personne – Gorge. **Cartes n° : 26, 27, 28, 29, 30.**

La bonne réponse à donner au MJ est le mot commun à chaque expression vers laquelle pointe les indices : **CHAT.** (Appeler un chat un chat – donner sa langue au chat – il n'y a pas de quoi fouetter un chat – il n'y a pas un chat – avoir un chat dans la gorge).

Si la bonne réponse est donnée, le MJ remettra aux joueurs la **carte n°31** ou une des autres cartes qu'il a en main, en récompense.

Indices :

- La réponse est un seul mot, lié à tous les autres.
- Pensez aux expressions.

• Septième énigme :

Des cartes à empiler dans un ordre précis pour découvrir une phrase. **Cartes n° : 31, 32, 33, 34, 35.**

4 cartes sont couvertes de texte, mais une seule phrase cohérente apparaît en les empilant comme indiqué sur une cinquième carte, la n° 32. La phrase est :
« N'oubliez pas que le temps passe, la mort vous attend au tournant. »

Si la bonne phrase est donnée, le MJ remettra aux joueurs la **carte n° 17** ou une des autres cartes qu'il a en main, en récompense.

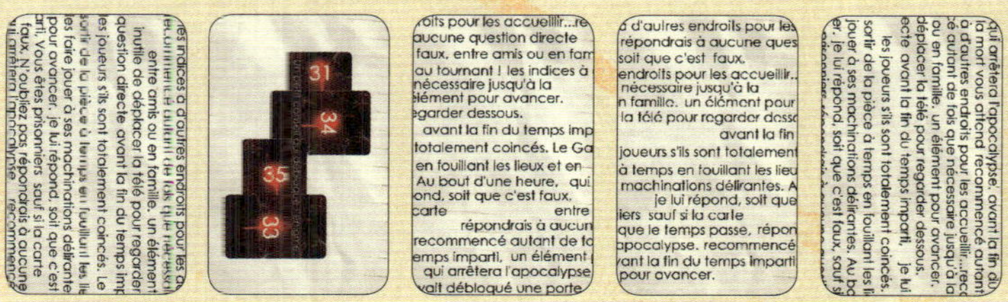

Indices :

- Trouvez d'abord la position des cartes.
- La réponse est une longue phrase.
- Le temps et la mort sont les seules choses qui intéressent le Dément.
- Le Dément connaît l'orthographe et la conjugaison.

• Huitième énigme :

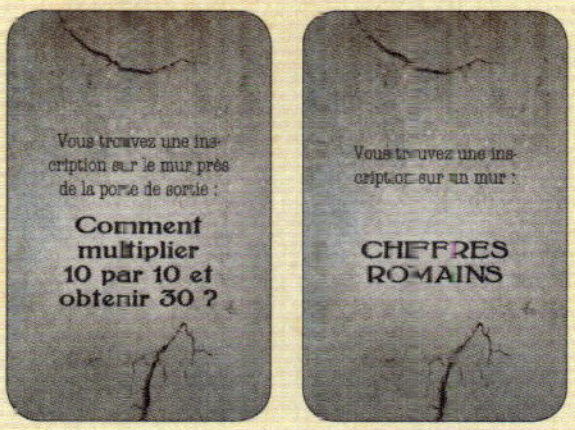

La multiplication romaine. **Cartes n° : 17 et 18.**

L'énigme demande comment multiplier 10 par 10 et obtenir 30. Une carte indice précise : « CHIFFRES ROMAINS ». La bonne réponse est **« XxX = 30 »**. Le joueur voulant répondre devra écrire devant le MJ : XxX et explicitement dire que trois X valent 30 en chiffres romains.

Indices :

- Un même symbole veut souvent dire plusieurs choses à la fois.
- Il faut mélanger l'arabe et le romain.

*****

Une fois toutes les énigmes résolues en moins d'une heure,
le MJ lit à voix haute le texte suivant :

« Vous avez résolu toutes les énigmes et le Dément vous ouvre la porte de sortie ! Vous vous précipitez dehors, enfin libres, alors que les zombies et le Dément, fou de rage, ne peuvent plus vous atteindre. Mais ce dernier ne compte pas s'arrêter là, le répit n'est que de courte durée. »

SCÉNARIO 2 : LA SALLE DE PRÉPARATION.

Difficulté 2.

Les rôles : Le Médecin n'est pas utilisé dans ce scénario.

Ce scénario utilise les cartes n° : 37 à 78.

N° des cartes pouvant être laissées visibles : 39, 46, 53, 64, 73.

N° des cartes à conserver en main : 48, 50, 51, 58, 59, 65, 69, 70, 75.

N° des cartes à cacher avec soin : 37, 56, 62, 63, 77.

N° des autres cartes à cacher : 38, 40, 41, 42, 43, 44, 45, 47, 49, 52, 54, 55, 57, 60, 61, 66, 67, 68, 71, 72, 74, 76, 78.

Nombre total de cartes cachées : 28.

• Première énigme :

La suite de lettres. **Cartes n° : 37 et 38.**

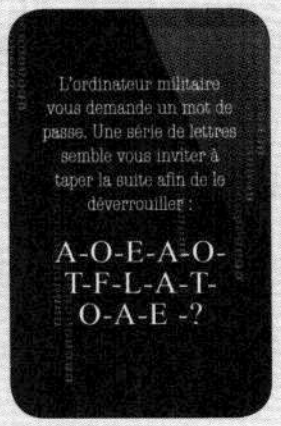

Une suite de lettres à compléter : **A-C-E-A-O-T-F-L-A-T-O-A-E**. Ce sont les dernières lettres des noms en alphabet militaire (alphA, bravO, charliE, deltA, echO ...). Le seul indice est l'alphabet militaire. La bonne réponse est le **« R »** de « NovembeR ». Si la bonne lettre est donnée, le MJ remettra aux joueurs la **carte n° 48** ou une des autres cartes qu'il a en main, en récompense.

Indices :

- C'est un code militaire inversé.
- Ce n'est pas une suite.

• Deuxième énigme :

Calculs. **Cartes n° : 39, 40, 41, 42, 43, 44, 45, 46, 47, 48, 49.**

8 cartes des chiffres de 1 à 8 plus un signe de multiplication et un signe égal, il faut tout utiliser et que le calcul soit juste (exemple : 453*6=2718). La bonne réponse est **582*3=1746**. Une carte indice donne le résultat à obtenir : « 1756 ». Si la bonne réponse est donnée, le MJ remettra aux joueurs la **carte n° 50** ou une des autres cartes qu'il a en main, en récompense.

Indices :

- Il est impératif de rassembler au moins 10 cartes de l'énigme.
- Un terme de la multiplication est un chiffre simple.

• Troisième énigme :

Des cartes à disposer dans un ordre précis pour découvrir une phrase. **Cartes n° : 50, 51, 52, 53, 54.**

4 cartes sont couvertes de texte, mais une seule phrase cohérente apparaît en les disposant comme indiqué sur une cinquième carte, **la n° 50. La phrase est : « Quand il n'y a plus de place en enfer, les morts reviennent sur terre ».**

Si la bonne phrase est donnée, le MJ remettra aux joueurs la **carte n° 58** ou une des autres cartes qu'il a en main, en récompense.

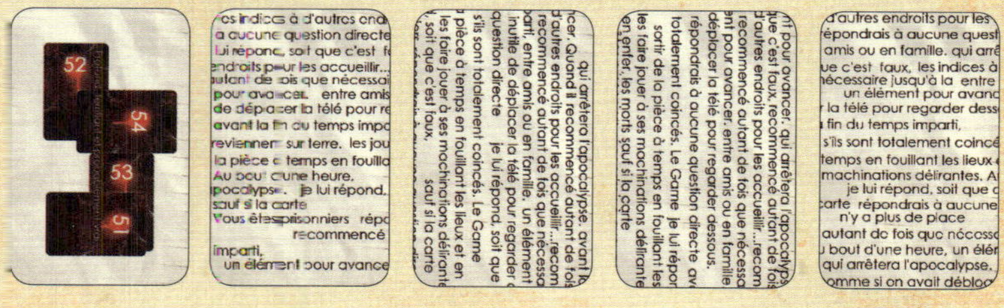

Indices :

- Trouvez d'abord le bon ordre des cartes.
- La réponse est une longue phrase.
- C'est une citation d'un film d'horreur de George Roméro.
- Le Dément connaît l'orthographe et la conjugaison.

• Quatrième énigme :

Charade. **Cartes n° : 55, 56, 57, 58.**

« Quand je suis blanc, je suis sale et quand je suis noir, je suis propre. Qui suis-je ? »

Les indices donnés par les cartes sont : « craie », « classe » et « je suis la réponse » écrit sur le tableau noir de la salle. La bonne réponse est **le tableau noir.**

Si la bonne phrase est donnée, le MJ remettra aux joueurs la **carte n° 59** ou une des autres cartes qu'il a en main, en récompense.

Indices :

- Rappelez-vous l'école.
- S'accompagne d'une éponge.

• Cinquième énigme :

Une association de 4 mots inscrits sur des pages de carnet arrachées : « Sel – Blé – Folie – Poussière ». **Cartes n° : 59, 60, 61, 62.**

La bonne réponse à donner au MJ est le mot commun à chaque expression vers laquelle pointe les indices : **« GRAIN »**, (grain de sel – grain de blé – grain de folie – grain de poussière).

Si la bonne réponse est donnée, le MJ remettra aux joueurs la **carte n° 65** ou une des autres cartes qu'il a en main, en récompense.

Indices :

- La réponse est un seul mot, lié à tous les autres.
- Pensez aux expressions.

• Sixième énigme :

Un labyrinthe en 5 parties + 1 carte de disposition. **Cartes n° : 63, 64, 65, 66, 67, 68.**

Les cartes doivent être mises dans le bon ordre pour résoudre le labyrinthe. L'ordre est : 63 – 67 – 64 – 66 – 68. Les joueurs qui souhaitent résoudre l'énigme doivent donc trouver toutes les cartes et les mettre dans le bon ordre, puis pointer du doigt ou avec un stylo le trajet à parcourir pour sortir, devant le MJ. Ce dernier leur remettra alors la **carte n° 69** ou une des autres cartes qu'il a en main, en récompense.

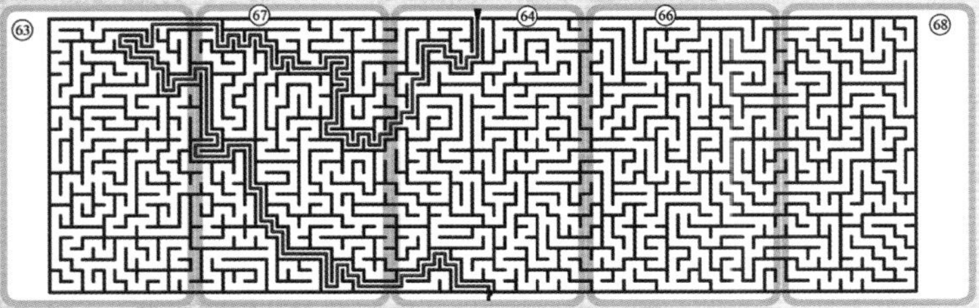

Indices :

- Le labyrinthe est en 5 parties.
- La disposition des cartes est vraiment importante.

• Septième énigme :

Code chiffré. **Carte n° 69**.

Un cadenas à code à 5 chiffres dans une armoire murale. Sur l'armoire sont notés plusieurs chiffres : « 0, 1, 2, 5, 9 ». Le cadenas est sur « 01234 ».

Aucune carte d'indice ni aucun code trompeur. Les joueurs vont devoir puiser dans les codes qu'ils ont sous les yeux : c'est celui du labyrinthe qui ouvre le coffre. L'ordre des cartes du labyrinthe est : 63 – 67 – 64 – 66 – 68, soit, en enlevant 60 à chaque nombre, la réponse **« 37468 »**. Si la bonne réponse est donnée, le MJ remettra aux joueurs la **carte n° 70** ou une des autres cartes qu'il a en main, en récompense.

Indices :

- Il manque des chiffres sur l'armoire.
- Concentrez-vous sur les unités.
- Même les labyrinthes cachent des codes.

• Huitième énigme :

Une suite codée. **Cartes n°** : 70, 71, 72, 73, 74

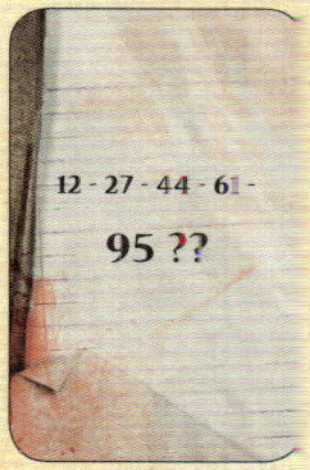

Les cartes « indices » indiquent : **« 12 UX – 27 DT – 44 QE – 61 SN »**. Sur le poster, un indice de plus : « 36 TX ». L'énigme indique : « 95 ?? ». Il suffit de prendre la 1ère lettre du 1er chiffre et la dernière lettre du dernier chiffre. Ainsi, 12 UX pour Un deuX, 27 DT pour Deux sepT. Pour 95 ça donne donc Neuf cinQ.

Si la bonne réponse est donnée, le MJ remettra aux joueurs la **carte n° 75** ou une des autres cartes qu'il a en main.

Indices :

- Ce n'est pas une suite.
- Un zombie pourrait vous aider.
- Pensez aux chiffres.

• Neuvième énigme :

Le code inversé. **Cartes n°** : 75, 76, 77

Une carte d'énigme donne un message crypté : 41 50 - 21 10

90	91	91	50	62	-	61	10	91	-
21	50	-	02	50	31	61	91	-	22
51	12	91	-	81	10	02	02	81	10
61	50	31							

Les cartes indices sont : **« R = 81 »**, de là les joueurs peuvent donc en déduire qu'il s'agit d'un tableau de position des lettres. La bonne réponse est : **« Ne laissez pas le temps vous rattraper. »**

41, 50 -
21, 10, 90, 91, 91, 50, 62 -
61, 10, 91 -
21, 50 -
02, 50, 31, 61, 91 -
22, 51, 12, 91 -
81, 10, 02, 02, 81, 10, 61,
50, 81

R = 81

Lettre	Position	Lettre	Position
a	01	n	14
b	02	o	15
c	03	p	16
d	04	q	17
e	05	r	18
f	06	s	19
g	07	t	20
h	08	u	21
i	09	v	22
j	10	w	23
k	11	x	24
l	12	y	25
m	13	z	26

Indices :

- Essayez de jongler avec les chiffres.
- Les Déments pensent parfois à l'envers.

*****

Une fois toutes les énigmes résolues en moins d'une heure,
le MJ lit à voix haute le texte suivant :

« Vous avez résolu toutes les énigmes et le Dément déverrouille la porte de sortie à contrecœur ! Mais ce dernier ne compte pas s'arrêter là, le répit risque d'être de courte durée... »

SCÉNARIO 3 : LE LABORATOIRE CELLULAIRE.

Difficulté 3.

Tous les rôles peuvent être utilisés dans ce scénario. Une deuxième salle sera accessible en cours de partie, il est précisé où cacher les cartes correspondantes.

Ce scénario utilise les cartes n° 79 à 125.

N° des cartes à conserver en main : 83, 93, 95, 99, 105, 109, 113, 118, 119.

Pièce n° 1 (salle de départ du jeu).

N° des cartes pouvant être laissées visibles : 79, 89, 96, 101, 107.

N° des cartes à cacher avec soin : 80, 86, 94, 97, 100, 108, 125.

N° des autres cartes à cacher : 81, 82, 84, 85, 87, 88, 90, 91, 92, 98, 102, 103, 104, 106, 120.

Pièce n°2 (salle attenante à la première, idéalement).

N° des cartes à cacher avec soin : 111, 117.

N° des autres cartes à cacher : 110, 112, 114, 115, 116, 121, 122, 123, 124.

Nombre total de cartes cachées : 33.

• Première énigme :

Une association de 4 mots inscrits sur des pages de carnet arrachées : « Tuer – Prendre le bon – Chien – Météorologie. » **Cartes n° : 79, 80, 81, 82.**

La bonne réponse à donner au MJ est le mot commun à chaque expression vers laquelle pointe les indices : « **TEMPS** », (tuer le temps – prendre du bon temps – temps de chien – temps = météo).

Si la bonne réponse est donnée, le MJ remettra aux joueurs la **carte n° 83** ou une des autres cartes qu'il a en main, en récompense.

Indices :

- La réponse est un seul mot, commun à tous les autres.
- Pensez aux expressions.

• Deuxième énigme :

Un labyrinthe en 9 parties + 1 carte de disposition.
Cartes n° : 83, 84, 85, 86, 87, 88, 89, 90, 91, 92.

Les cartes doivent être disposées dans le bon ordre pour résoudre le labyrinthe. Les joueurs qui souhaitent résoudre l'énigme doivent donc trouver toutes les cartes et les mettre dans la bonne position, puis pointer du doigt ou avec un stylo, le trajet à parcourir pour sortir, devant le MJ. Ce dernier leur remettra alors la **carte n° 93** ou une des autres cartes qu'il a en main, en récompense.

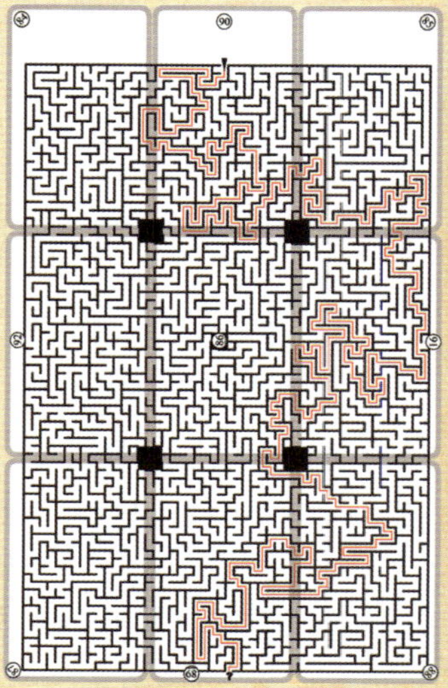

Indices :

- Le labyrinthe est en 9 parties.
- La disposition des cartes est encore plus importante dans ce labyrinthe que dans les autres.

• Troisième énigme :

Rébus. **Cartes n° : 93 et 94.**

La carte montre une machine sur laquelle est inscrite une question à laquelle il faut répondre en désignant un des 4 boutons représentant les réponses possibles. Les joueurs ne peuvent donner qu'une seule réponse avant que la machine ne se bloque ou ne s'ouvre en cas de bonne réponse.
La carte d'indice donne la liste des propositions **« Choisissez votre mort : »**

1 – Écrasé lors de l'effondrement des 5 tonnes de béton du plafond.

2 – Dévoré par 4 lions n'ayant pas mangé depuis 2 mois.

3 – Tué par le venin de 7 serpents.

4 – Dévoré vivant par 3 zombies.

La bonne réponse est bien entendu **la n° 2**, les lions sont naturellement morts de faim depuis 2 mois. Si la bonne réponse est donnée, le MJ remettra au joueur la **carte n° 95** ou une des autres cartes qu'il a en main, en récompense.

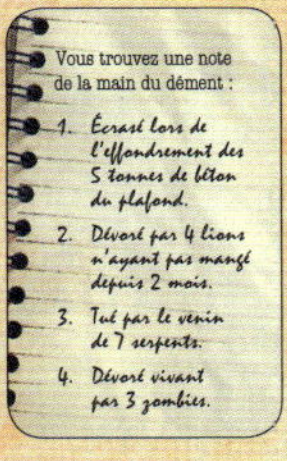

Indices :

- Le béton est fatal.
- Les animaux ne vivent pas éternellement.

• Quatrième énigme :

Une centrifugeuse reliée au mur par des fils est verrouillée par un code à 5 chiffres, elle affiche le code « 00000 ». **Cartes n° : 95, 96, 97, 98.**

Afin de l'ouvrir, il faut trouver le code qui est déduit à partir de l'anti-code **« 45812 »** donné en indice, ainsi que la formule : « code + anti-code = maximum ». Il faut comprendre que le maximum est « 99999 » sur l'afficheur. Donc, « code = maximum – anti-code ». Soit « 99999 - 45812 = **54187** ».

Si la bonne réponse est donnée, le MJ remettra aux joueurs la **carte n° 99** impérativement, il s'agit de la carte qui déclenche l'accès à la seconde salle. Le MJ expliquera alors aux joueurs qu'il leur faut changer de salle pour continuer l'aventure.

Indices :

- Chaque chiffre de la centrifugeuse peut aller de 0 à 9.
- Il est facile de déduire le code à partir de l'anti-code.

• Cinquième énigme :

Dans cette énigme, il faut disposer des cartes dans un ordre précis pour découvrir une phrase. **Cartes n° : 100, 101, 102, 103, 104.**

4 cartes sont couvertes de texte, mais une seule phrase cohérente apparaît en les empilant d'une manière donnée par une cinquième carte, **la n°100. La phrase est : « On peut toujours critiquer les zombies, mais eux au moins ne vous aiment que pour vos cerveaux »**.

Si la bonne phrase est donnée, le MJ remettra aux joueurs la **carte n° 105** ou une des autres cartes qu'il a en main, en récompense.

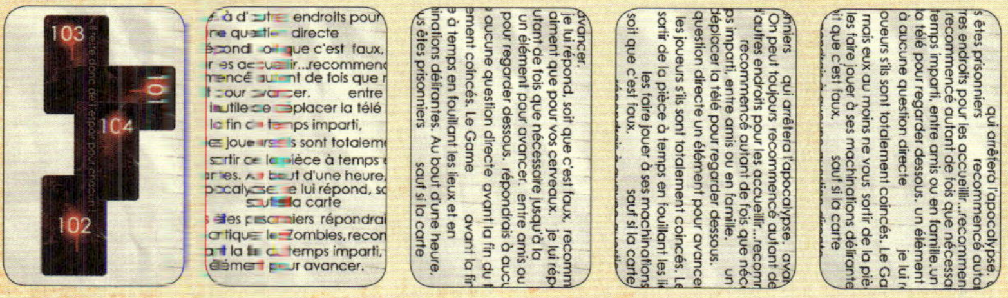

Indices :

- Trouvez d'abord le bon ordre des cartes.
- La réponse est une longue phrase.
- Le Dément connaît l'orthographe et la conjugaison.

• Sixième énigme :

Un jeu de calcul. **Cartes n° : 105, 106, 107, 108.**

Une carte comporte un tableau rempli de lettres grecques. Deux autres cartes donnent la traduction de chaque lettre grecque en nombres et une dernière propose une formule mathématique à calculer. Le carré dont la première case contient le chiffre 1 est **le carré n°1. La formule demande de calculer : « 2 (1)+ (1)- (1)+ (2)* (2) = ? »** et donc de prendre les valeurs des deux carrés alternativement.

La bonne réponse est 80 (2x17-4+9+41x1=80). Si la bonne réponse est donnée, le MJ remettra au joueur la **carte n° 109** ou une des autres cartes qu'il a en main, en récompense.

Indices :

- Puisqu'il ne s'agit que de trouver toutes les cartes, l'indice prend la forme d'un conseil : Vous n'avez pas tout trouvé, fouillez encore !

• Septième énigme :

Suite logique. **Cartes n° : 109, 110, 111, 112.**

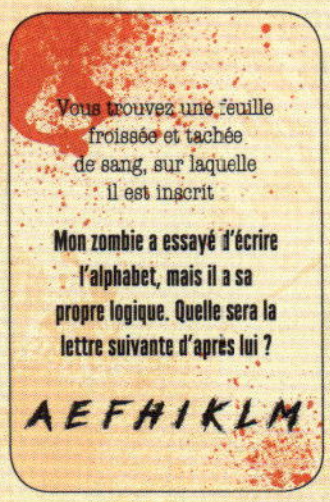

« Mon zombie a essayé d'écrire l'alphabet, mais il a sa propre logique. Quelle sera la lettre suivante d'après lui ? : A E F H I K L M. »

La bonne réponse est **N**, première lettre suivant dans l'alphabet qui n'a pas de courbes. Plusieurs cartes indices donnent des pistes : **« Mon zombie a le même esprit rigide que son maître. »** ou **« La rigidité cadavérique n'aide pas. Moi, je peux : A, B, C, D, E. »** Un indice provient du poster où l'on aperçoit un zombie avec un T maladroit dessiné sur son collier.

Si la bonne réponse est donnée, le MJ remettra aux joueurs la **carte n° 113** ou une des autres cartes qu'il a en main, en récompense.

Indices :

- Il arrive que le fond compte moins que la forme.
- Traits, boucles et déliés forment l'écriture.

• Huitième énigme :

Cartes n° : 113, 114, 115, 116, 117.

« Pour moi l'accouchement est avant la grossesse, l'enfance est avant la naissance, l'adolescence est avant l'enfance, la mort est avant la vie. »

Chaque carte composant l'énigme demande « Où ? ». Deux bonnes réponses possibles : **dans l'ordre alphabétique ou dans le dictionnaire**. Si la bonne réponse est donnée, le MJ remettra aux joueurs la **carte n° 118**, qui est le dictionnaire contenant le vaccin, ainsi que la **carte n° 119**.

Indices :

- L'ordre des choses n'est pas forcément celui dans lequel on les classe.
- Accouchement, adolescence, enfance, grossesse, mort, naissance, vie.

• Neuvième énigme :

Rébus. Cartes nos : 119, 120, 121, 122, 123, 124.

« Si je suis le premier à sortir de cette pièce, mais que je ne suis pas le premier, alors qui suis-je ? »

La solution est à taper sur le pavé numérique qui ouvre la porte. Une mauvaise réponse bloquera la porte.

L'énigme joue sur le verbe être et le verbe suivre. Si je suis (suivre) le premier, alors je suis le deuxième. La bonne réponse est **deuxième ou second, il suffit donc de taper le numéro 2.** Les cartes indices : « Conjugaison », « La même orthographe », « Cela marche moins bien avec de la suie », « Je ne suis pas le vainqueur », « Être ou ne pas être ».

Indices :

- C'est bel et bien une place qui est attendue.
- C'est le suivant.

*****

Une fois toutes les énigmes résolues en moins d'une heure,
le MJ lit à voix haute le texte suivant :

« Vous avez résolu les énigmes et la porte vers l'extérieur se déverrouille. Le Dément semble heureux de vous voir partir et son sourire carnassier apparaît derrière le hublot. Il s'est bien amusé et accepte sa défaite : vous avez été plus astucieux que lui ! »

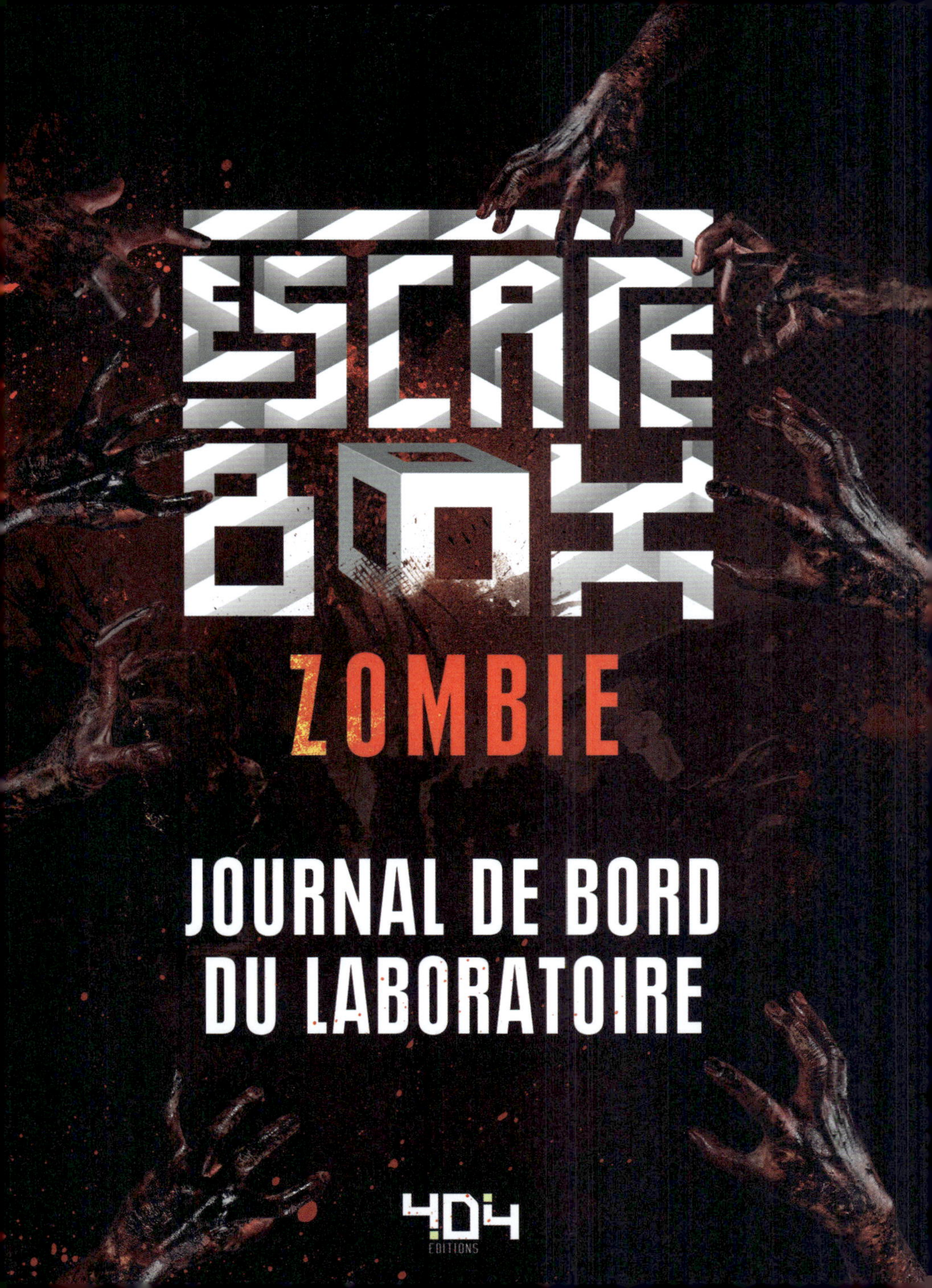

ESCAPE BOX

ZOMBIE

JOURNAL DE BORD DU LABORATOIRE

404 ÉDITIONS

Journal de bord du laboratoire

Jeudi 1er septembre.

La centrifugeuse du labo cellulaire est devenue le jouet de « Môssieur » l'ingénieur informaticien. Noël a décidé qu'il fallait résoudre une énigme tordue pour l'utiliser. Le code de sécurité habituel (00000) a été changé et il faut trouver le bon code à partir de l'anti-code qu'il nous a donné. Il nous a fallu une bonne heure pour le décoder, pendant que l'auteur de la blague jubilait en nous regardant peiner. Je suis plutôt joueur d'ordinaire, mais, là, c'est gêner le boulot.

Mardi 6 septembre.

Le matou du labo est mort hier et l'humeur est maussade dans les couloirs. Personne ne parle, même les clowns de service sont silencieux. Autour des plateaux repas, on a évoqué l'idée de prendre un chien.

Mercredi 7 septembre.

À notre tour de faire grincer les neurones de Noël. On le sait fan de vélo, alors on a concocté cette question tordue sur le premier à passer la ligne d'arrivée. Il a fallu lui préciser que la réponse que l'on attendait était bel et bien une place. Il est parti réfléchir et on ne l'a pas revu de la journée. Les filles jubilaient.

Jeudi 8 septembre.

Log 13577. Projet V53 : Réception nouvel échantillon expérimental V53. Mise en culture sur levure E41.

Vendredi 9 septembre.

Il n'y arrive pas ! Notre ingénieur informatique coince sur notre petite question innocente. J'ai eu pitié et je l'ai mis sur la piste en lui indiquant que « c'est le suivant ». Il a tout de suite compris. Il était temps d'abréger ses souffrances, cela faisait des jours qu'il n'avait pas quitté son bureau.

Jeudi 15 septembre

Le docteur Enoch est un féru d'expressions. J'ai été bien surprise de découvrir son passe-temps, un peu par hasard, en allant chercher un livre dans son bureau. Il possède une collection complète d'ouvrages sur l'origine des expressions, leur évolution, leur sens et leurs comparaisons interculturelles. Je n'aurais jamais cru cela de notre médecin le plus rigide. En feuilletant au hasard un de ces livres, je suis tombée sur des jeux d'association d'expressions dont la réponse est un mot. Amusant.

Vendredi 16 septembre.

À chaque pause, je vais fouiner dans la collection de livres d'expressions du docteur Enoch, avec son autorisation. J'y trouve des trésors de sagesse ou d'humour. Quelqu'un en a annoté une que je ne comprends pas : « L'ordre des choses n'est pas forcément celui dans lequel on les classe ». Celle-ci serait en rapport avec la naissance, la vie et la mort.

Samedi 17 septembre.

La nuit est bien plus calme et propice pour réfléchir aux jeux et aux énigmes. Celle du professeur est particulièrement amusante. Il nous a donné un message crypté en chiffres et en nombres. Je peux discerner la structure des mots mais impossible de percer le code pour l'instant. Je vais essayer de jongler avec les chiffres.

Dimanche 18 septembre.

Rien ne marche, passons à la rétro-ingénierie et pensons à l'envers : comment est-ce que j'aurais codé une phrase si j'avais été le prof ?

Lundi 19 septembre.

Log 13577. Projet V53 : Vitesse de réplication exceptionnelle. Les échantillons se sont propagés dans l'ensemble du substrat. Tests sur sujets peuvent débuter.

Mardi 20 septembre

Noël et Cyrille n'ont pas grand chose à faire en ce moment, alors, pendant que nous on se prend la tête avec je ne sais quel bacille fulgurant, eux jouent avec des cartes à message pour passer le temps. C'est un jeu que Noël a acheté dans une boutique à Paris, en positionnant les cartes comme il faut, on peut lire une phrase. Le plus dur c'est de trouver le bon positionnement : le jeu en propose plusieurs, avec des messages mignons comme tout ou carrément de mauvais goût. Il y en a pour tous les goûts. Moi j'ai réussi à faire « Nous n'attendons pas la pomme de terre pour grandir à point ». Les garçons se sont moqués de moi, du coup je leur ai ordonné d'aller défragmenter les serveurs.

Mercredi 21 septembre

La charade la plus dure que j'aie jamais vue ! Elle nous a occupés toute l'après-midi pendant que l'on séquençait. Et puis Béatrice a compris pendant la nuit que les animaux sont tous différents. C'est évidemment la bonne piste, on va trouver, j'en suis sûr.

Jeudi 22 septembre

C'est toujours un jour spécial que le 22 septembre ! Avec les anniversaires simultanés de Benoît, de Béatrice, de Clémence, du Dr Fleury et le mien, on ne travaille jamais beaucoup.

Nous avons tous reçu un cadeau amusant, chacun un morceau de labyrinthe-puzzle électrique. C'est un labyrinthe qu'on ne peut résoudre qu'en assemblant les cinq morceaux dans le bon ordre. Heureusement, la notice donne l'ordre d'assemblage ! C'est vraiment un casse-tête comme les aime le professeur. Une fois remis correctement, on peut faire se déplacer une petite bille vers la sortie. Le truc a été modifié pour que, quand on réussit, cela déverrouille le réfrigérateur à échantillons à distance, dans lequel se trouvait un énorme gâteau au chocolat. Autant dire qu'on était motivés !

Un peu plus tard dans la journée, voilà que le directeur vient nous annoncer que demain, nous devrons apporter de quoi dormir sur place pendant quelques jours. Le projet du Dr Enoch est capital et les essais sont prioritaires sur tout le reste. Il faut trouver un vaccin au plus vite. Les congés et même les week-ends sont annulés. On est réquisitionnés. Comment vais-je annoncer ça à Laetitia ? Ils me gâchent mon anniversaire...

Vendredi 23 septembre.

Cette nouvelle souche nous occupe à plein temps et le Dr Enoch nous fait bosser le plus vite possible. Je n'ai encore jamais vu un virus pareil ! Il génère de l'énergie et active la cellule infectée, même morte. C'est tellement fascinant qu'on en avait oublié la charade. Caroline a fini par nous donner un indice : il faut penser en association de sons. Super, c'est censé nous aider ?

Log 13577 Projet V53 : Test V53-1/32 : inoculation de 32 nématodes à T= 13:42 CET. À T+3 secondes, mort des sujets. À l'examen, les sujets sont envahis par le virus qui s'est propagé dans l'ensemble des tissus. Crémation des sujets prévue à 15:53 CET.

Samedi 24 septembre.

Il est 4h du matin et on termine des essais sur le projet du Dr Enoch. Caroline et moi sommes les deux derniers debout. Je n'ai pas très envie d'aller me coucher et rejoindre la bande des joyeux ronfleurs dans le dortoir. Je tourne au café. Caroline fatigue, elle parle juste pour éviter de s'endormir. Je l'ai lancée sur la charade et elle a parlé d'une pie. Je me suis alors souvenu qu'elle m'avait dit un jour avoir toujours rêvé d'en avoir une. Mon cri de victoire incontrôlé lui a fait comprendre qu'elle en avait trop dit. Caroline, quand elle est fâchée, a un vocabulaire grossier assez étendu ! Elle était furieuse que j'aie gagné mon pari !

Les morts se relèvent, ce satané virus s'est répandu ! Les morts se comptent par milliers en quelques heures. C'est l'apocalypse !

Dimanche 25 septembre.

Log 13577. Projet V53 : Test V53-2/16 : inoculation de 16 souris non modifiées à T= 09:47 CET. À T+3 minutes 32 secondes, mort des sujets. À l'examen, il apparaît que les sujets sont envahis par le virus qui s'est propagé dans l'ensemble des tissus. Crémation des sujets prévue à 14:53 CET.

Note complémentaire sur Log 13577. Projet V53: Test V53-2/16 : crémation reportée, les sujets pourtant morts ayant été pris de convulsions. Tests complémentaires programmés à 18:04 CET pour analyse approfondie des tissus.

Note complémentaire 2 sur Log 13577. Projet V53 : Test V53-2/16 : Résultats des tests complémentaires : le virus V53 s'est propagé à l'ensemble des systèmes : circulatoire, cérébral, musculaire, digestif. La concentration de virus au niveau du tronc cérébral, des articulations et du tube digestif est telle que les tissus sont distendus. Les amas de virus s'organisent en filets gainant les neurones, emprisonnant et actionnant les muscles pour déplacer le sujet et faire progresser le bol alimentaire jusqu'à une membrane constituée d'un amas de cellules virales et d'enzymes découpant le contenu du tube digestif en éléments directement utilisables. Des tests complémentaires sont programmés pour le mardi à 08:01 CET. Recommandation de placement des échantillons et sujets en labo P4.

Lundi 26 septembre.

Noël et Cyrille continuent avec leurs cartes à message pour oublier l'horreur qui nous entoure. Cette fois, ils revisitent les citations de films. Déjà que je ne trouvais rien de cohérent avant, en plus maintenant il faut aller puiser dans mes souvenirs. Les garçons sont des geeks absolus et sont capables de ressortir des extraits de films dont je n'ai même jamais entendu parler. Quand ils en sont arrivés aux films d'horreurs, avec une citation de Roméro, j'ai dit stop et j'ai interdit le jeu dans mon labo.

Mardi 27 septembre.

L'arrivée des soldats n'a finalement surpris personne. Le directeur les a accueillis froidement, mais le docteur Enoch, avec son passé militaire, leur a ouvert grand les portes qu'on avait barricadées. Il a un grade élevé, mais il est censé être sous les ordres du docteur militaire Deschamps. Cela sent les conflits d'ego, moi je vous le dis. Les soldats ont amené leur matériel, leurs ordinateurs, leurs centrifugeuses et leurs lits de camp. Au moins, on n'aura pas à partager nos sacs de couchage.

Jeudi 29 septembre

Expérience 427B. Les essais sur le sujet VIII donnent enfin des résultats. Dilatation pupillaire normale, retour des réflexes cognitifs et nécrose en récession. Le 427 rejoint les candidats prometteurs dans le coffre à échantillons. Le code a été changé afin que tout le personnel du laboratoire s'en souvienne. Plutôt que de le coucher sur ces pages, je préfère donner un petit rappel : ce n'est pas pour rien qu'il y a un espace entre chaque chiffre.

Les soldats utilisent un alphabet militaire crypté pour communiquer entre eux. Ils sont particulièrement paranos. Ils le connaissent par cœur et s'envoient des coordonnées par talkie-walkie que personne ne comprend. Des suites de « O-T-F-L-A » qui ne veulent rien dire en apparence, mais il est clair que ce ne sont pas des suites, cela doit être autre chose. Le docteur Guérin passe son temps à les épier et noter les messages. Il n'a jamais beaucoup aimé l'armée.

5ème jour de la nouvelle ère.

Sur le papier j'écris mes pensées, mes envies, mes avis.
L'écriture n'est composée que de traits, de boucles et de déliés.

Qui a écrit ça ?

Vendredi 30 septembre.

Rien ne semble ralentir la progression du facteur Z une fois la mort clinique survenue. Les collègues de l'hôpital n'ont aucune chance de s'en sortir avec un effet si foudroyant. Les souches expérimentales sur lesquelles nous travaillons depuis le 22 septembre ne donnent rien. La fatigue s'installe et les erreurs s'accumulent. Et je ne me souviens jamais de cette saleté de code pour les échantillons. Note à moi-même : applique le conseil à la lettre pour ouvrir !

À ne plus avoir de liberté, je joue aux énigmes avec les collègues. Théophile adore ça, il deviendra un sacré docteur quand il aura son diplôme. Enfin, si un jour la vie reprend. J'ai baptisé ma dernière invention de « théorème de l'unicité des chiffres uniques ». C'est pompeux, mais annoncé de manière théâtrale, cela fait son petit effet. Cela ne marche qu'avec les chiffres de 1 à 8. J'ai essayé de faire en sorte de trouver comment les agencer pour qu'ils donnent une opération mathématique correcte avec un simple signe multiplié et un signe égal. Cela ne marche qu'avec deux résultats. J'en ai trouvé un par hasard, en partant d'un simple chiffre pour multiplier le reste. Caroline me traite de sadique des nombres, ça me plaît.

Samedi 1er octobre.

Cela me rappelle l'école. Les soldats ont inscrit toutes les consignes dans le dortoir improvisé, afin que nous les ayons sous les yeux dès que nous avons du temps libre. J'aurais parié qu'ils allaient nous les faire recopier.

Impossible de se connecter au réseau à cause du black-out militaire, nous n'avons plus aucun contact avec l'extérieur. Je suis tellement fatiguée. Ces foutus ordinateurs ne marchent plus, quand je fais une recherche, je ne tombe plus que sur ces trois grilles. On dirait les carrés magiques pour enfants, ça doit être à Mariette, elle imprimait toujours plein de jeux comme ça pour son fils, avant.

Samedi 8 octobre.

Quelqu'un a écrit une suite de chiffres et de lettres sur une notice d'utilisation d'une centrifugeuse 27V et autres. J'ai même vu un des morts-vivants du couloir de l'hôpital avec un code autour du cou. Si je comprends bien, ce n'est pas une suite.

14ème jour de la nouvelle ère.

Le blanc disparaît sous l'éponge et l'éponge laisse du noir.
Magie de l'eau.

Arrête d'écrire sur notre journal espèce de cinglé !

16ème jour de la nouvelle ère.

La souris se promène et cherche à sortir du labyrinthe sans même se rendre compte qu'elle dévoile aux yeux de tous, le code de la liberté !

Dimanche 9 octobre.

Je suis tombé sur deux autres labyrinthes-puzzles électriques. Le premier ressemble beaucoup à celui qu'on nous a offert, mais le deuxième est différent. Plus grand, il est composé de neuf morceaux et tous les deux ont également été modifiés pour commander quelque chose quand on réussit à amener la bille jusqu'à la sortie. Ils sont tachés de sang et les pièces sont numérotées, le dément a joué avec...

17ème jour de la nouvelle ère.

La mixité ne s'arrête pas aux morts-vivants. Elle a toujours touché toute l'espèce humaine, a teinté toute sa culture. Les époques ont mélangé les ethnies, les langues, les croyances, l'Arabe et le Romain.

21ème jour de la nouvelle ère.

Personne ne vit éternellement, pas même les animaux.

22ème jour de la nouvelle ère.

Les lettres et les chiffres cachent souvent bien leur jeu. Le même symbole peut même parfois signifier un nombre et une lettre en même temps ! Comment faire confiance aux symboles dans ces conditions ?

Dimanche 16 octobre.

Le Dément rôde de jour maintenant, je l'ai aperçu en virologie ce matin, il découpait de petits bouts de papier avec application. Je ne l'ai pas reconnu car je ne l'ai vu qu'un instant. Je me suis cachée aussitôt. Lorsque quelqu'un d'autre a fait du bruit dans le couloir, le Dément a tout abandonné pour se cacher dans une autre salle. J'ai eu le temps de regarder ce qu'il faisait. Apparemment, il préparait une sorte de jeu tordu, une succession de cinq mots. J'ai déjà vu ce genre d'énigmes auparavant : le but, c'est de trouver le point commun, en général un simple mot. J'ai déjà vu ça dans un livre...
Et si le Dr [illegible] était le Dément ?

75ème jour de la nouvelle ère.

Noël est un mauvais élève. Mort, il s'avère aussi peu adroit que de son vivant. Ou alors il me parle par delà la mort avec un alphabet qui transcende les plans d'existence. Mais finalement non, le fond compte moins que la forme.

Lundi 17 octobre (?).

La salle de préparation a été saccagée. Le Dément a écrit des chiffres sur l'armoire murale où l'on range le matériel. Le code a été changé, j'ai essayé un bon paquet de combinaisons avec les chiffres inscrits, mais rien n'y fait. Peut-être s'agit-il plutôt d'utiliser les chiffres manquants ?

Mercredi 19 octobre (?).

Il est fou, tout simplement fou ! Ce type qui se balade avec des bouts de zombies sous le bras la nuit et écrit des messages tordus avec du sang est totalement cinglé ! Je ne sais pas qui c'est, mais tout ce qui l'intéresse, c'est le temps et la mort.

Jeudi 20 octobre (?).

Le Dément altère tout ce qui nous entoure. La poignée de soldats n'arrive pas à lui mettre la main dessus, je ne sais pas comment il fait pour se déplacer sans être vu. Sa dernière « œuvre » est d'avoir renommé les boutons de commande de l'insoleuse avec une histoire de mort à choisir. J'ai failli l'utiliser tout de même quand je me suis aperçu qu'elle contenait assez d'explosif pour tuer tout le monde. Certains fils étaient apparents. N'APPUYEZ PAS SUR LE BÉTON.

Le dément a corrigé son erreur et caché les câbles, impossible de deviner quel bouton ouvre le couvercle et quels sont ceux qui sont piégés...

29ème jour de la nouvelle ère.

Le vaccin m'a emmené au-delà de la vie et bien plus loin que la mort. L'ordre naturel ne me concerne plus. Mon existence est un accouchement, une adolescence, une enfance, une grossesse, une mort, une naissance, une vie.